CYBERMAMAN

roman-images

écrit et réalisé par

Alexandre Jardin

ou le voyage extraordinaire

au centre d'un ordinateur

Les mamans ne devraient jamais mourir ; il y a des choses, comme ça, qui devraient être interdites. Cette pensée ne quittait plus le cœur serré de la petite **Lily**, dite **Lily-Catastrophe**, depuis qu'un accident de montgolfière l'avait privée de l'amour de sa mère. Cela faisait presque deux ans que, frappée par un éclair, sa jolie maman n'était plus redescendue du ciel pour border son lit le soir. Lily n'osait plus parler d'**Elle** devant ses deux grands frères. A table, on se taisait, et l'on ne voyait que la place qu'Elle n'occupait plus, que les vases vides qu'**Elle** ne remplissait plus de fleurs.

Toute la famille Plume mangeait deux fois par jour, du bout des lèvres, des plats qui n'étaient plus d'**Elle** ; même le poulet-frites du mercredi avait le goût terrible de son absence.

César, l'aîné, faisait croire aux siens qu'il s'était consolé avec son ordinateur, celui que sa mère lui avait offert, à l'époque où le poulet-frites était encore une fête. Son Ulysse II appartenait certes à une autre

génération mais César lui demeurait fidèle, comme à un compagnon que sa mère lui aurait choisi. **Félix**, lui, venait de fêter sa onzième année en recevant de son père **une mèche de cheveux de sa maman**; du moins le croyait-il. Cette mèche blonde provenait en réalité du pelage de Filoche, le chien ridicule de leur voisine, la non moins ridicule mademoiselle Rarotonga.

Arthur Plume, leur père, ne savait plus quoi imaginer pour rendre à ses enfants un peu de la tendresse de leur mère, pour perpétuer dans leur cœur cette femme qui vivait toujours dans le sien. Deux ans après que la montgolfière eut été foudroyée, Plume se regardait encore comme l'époux de **Lucie Plume**. Le soir venu, on ne lui connaissait pas d'autre goût que celui d'élever les petits qu'Elle lui avait donnés.

Le jour, monsieur Plume dissipait son chagrin en laissant son métier de professeur de latin occuper toute son attention. **L'absence de Lucie lui était devenue une présence invisible.**

C'était un soir de décembre 2005, un vent violent soufflait ; tandis qu'Arthur Plume corrigeait les versions latines de ses élèves, César et Félix avaient bien du mal à distraire l'angoisse qui les étreignait dans leurs lits superposés. L'orage qui planait au-dessus de Paris n'en finissait pas d'accabler le ciel de ses coups ;

les enfants frissonnaient à chaque éclair,

songeant avec effroi à celui qui avait carbonisé leur mère, en plein vol. Quel épouvantable souvenir ! César n'osait allumer Ulysse pour se réconforter, de crainte que la foudre n'endommageât les vieux circuits de son ordinateur.

Alitée, Lily serrait **Cacahuète, son nounours,** en se figurant que la tendresse qu'elle lui offrait était celle que sa mère lui eût donnée en pareille circonstance. Quelques coups de tonnerre plus tard, **Lily eut brusquement besoin de voir sa maman !** Son désir lui commandait d'agir, malgré l'orage.

Sans réfléchir, la petite fille se rendit sur la pointe des pieds dans le salon pour allumer l'ordinateur de César ; courbé sur son bureau, son père ne sentit pas passer son pas léger.

A la mort de madame Plume, Arthur avait logé dans la mémoire d'Ulysse tout ce qu'il conservait de sa femme : **les photographies radieuses de Lucie Plume, les enregistrements de sa voix claire, les séquences sur bandes vidéo ainsi que les vieux films en super 8 sur lesquels elle riait encore et encore, pour l'éternité.** Plume avait fait cela sur le conseil de son voisin,

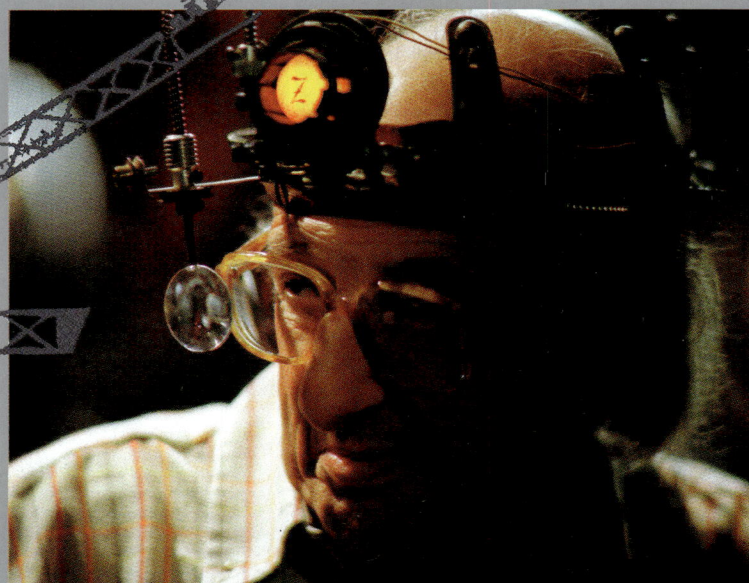

le vieux **monsieur Zeig,**

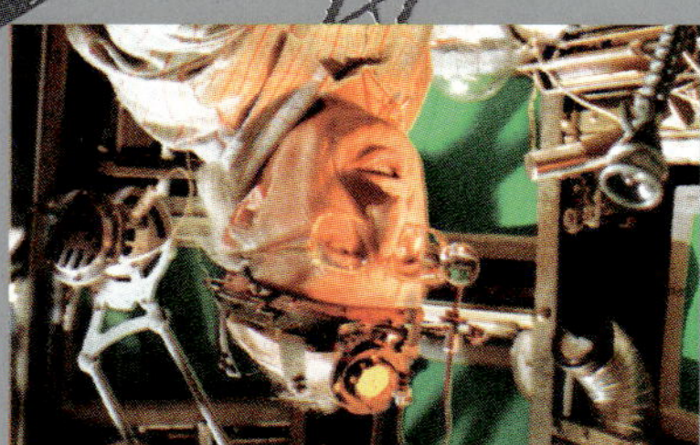

un hurluberlu astucieux qui, jadis, avait été l'un de ceux qui bidouillèrent les premiers ordinateurs. Zeig prétendait qu'en numérisant ces traces de Lucie, son image ne jaunirait pas, sa voix et ses éclats de rire ne s'effaceraient jamais. Ainsi fixée, elle resterait pour toujours telle qu'en la beauté radieuse de ses trente ans. Respectueux du savoir de Zeig, Arthur Plume avait confié ce qui lui restait de sa chère Lucie à la mémoire artificielle d'Ulysse ; libéré de toute inquiétude par le vieil inventeur, il avait même **jeté ses vieilles photos et les cassettes vidéo sur lesquelles Lucie** commençait déjà à perdre de ses couleurs.

Ce soir-là, **Lily alluma donc Ulysse** pour qu'apparaisse sur son écran le dernier enregistrement de sa maman, si prodigue de son rire. Ces retrouvailles singulières allaient soigner la solitude de la petite fille quand, tout à coup, un craquement d'orage l'affola ; l'abominable foudre s'abattit non loin de l'immeuble des Plume. **L'explosion hideuse jeta Lily-Catastrophe dans un émoi profond.**

Son doigt glissa-t-il sur une mauvaise touche ? La saute de courant électrique fut-elle cause de ce qui se produisit ? Dans l'instant, sa mère avait disparu de l'écran, de sa vie. Lily eut beau pianoter sur le clavier, elle ne parvenait plus à retrouver les fichiers qui contenaient sa maman ! **Lucie Plume s'était-elle effacée du disque dur d'Ulysse ?**

L'enfant venait de «scratcher» sa mère ! Disparue !

— Maman... Maman,

répétait la petite Lily, ahurie.

Un sentiment d'horreur la glaça ; les larmes qui coulaient sur ses joues de petite fille étaient froides, tandis que dans ses veines son sang coagulait d'effroi. Toute sa jolie personne fut alors saisie de convulsions qui déchiraient sa poitrine ; une insondable culpabilité la gagnait, l'asphyxiait, fracassait son esprit. D'un coup, d'un seul coup, les rires de Lucie, ses tendres sourires, tout ce qu'avait été sa maman s'était évanoui, comme si elle n'eût jamais existé ! Et tout cela était de sa faute ! **Maman s'était désintégrée !**

Prise d'un vertige, Lily eut l'envie d'appeler son père à l'aide quand, brusquement, elle pensa qu'elle ne pouvait infliger à son papa le choc de cette seconde mort. Elle devait d'abord tout tenter pour récupérer Maman, tout, absolument tout !

Hagarde, Lily fila réveiller César et Félix qui venaient à peine d'être trouvés par le sommeil. La nouvelle de la catastrophe leur rendit leurs esprits. Les deux frères se coulèrent illico à travers l'appartement jusqu'à l'ordinateur, avec toute la discrétion requise pour que leur père ne s'aperçût de rien. **César mobilisa toute son astuce,** essaya tout ce qu'il put en pianotant avec fièvre, en vain. Leur mère s'était carapatée pour de bon dans la mémoire d'Ulysse. Au bout de la nuit, de leur fatigue, Félix suggéra alors d'attendre le petit matin pour demander de l'aide au vieux Zeig. Lui seul pouvait encore sauver leur mère !

Le lendemain matin, le vieil homme les reçut en blouse grise dans son atelier, là où son ingéniosité vaquait depuis toujours en liberté, là où il avait conçu autrefois les premières machines pensantes, entendez les ancêtres de nos ordinateurs modernes. **Derrière ses grosses lunettes, l'inventeur dégarni au visage de hibou écouta le récit du drame qui désespérait les enfants de monsieur Plume ; gêné d'être, hélas, pour beaucoup dans le sort funeste de Lucie** (en version numérique...), Zeig proposa aussitôt son assistance. On lui apporta au plus vite le vieil Ulysse II qu'il connecta sans délai à sa propre machine. Hélas, le savoir déroutant et l'obstination du savant ne suffirent pas à localiser les fichiers qui abritaient madame Plume. Cependant, dans leur déveine, les enfants apprirent une nouvelle qui leur parut heureuse : selon Zeig, Lucie se trouvait bien quelque part dans les neurones de silice d'Ulysse.

Un fichier perdu ne peut se dissiper totalement sans laisser de trace !

Puis, après que son cerveau bizarre eut fait la revue de tous les sauvetages possibles, Zeig finit par murmurer d'une voix inquiète :

– Je ne vois qu'une solution… pénétrer à l'intérieur de l'ordinateur pour explorer le disque dur.

Ses paroles plongèrent les enfants dans une perplexité sans fond. Il avait dit cela dans un frémissement, en y mettant un peu de cette ferveur qui donne du prix aux paroles décisives.

- Comment ? osa enfin demander la petite Lily.

Zeig hésita un instant puis, voyant la détresse qui se marquait sur le visage des enfants, l'homme-hibou leur montra des **propulseurs-virtuels** de sa fabrication.

A l'entendre, ces appareils aux allures de fauteuils de dentiste permettaient de faire voyager l'esprit ainsi qu'une représentation en trois dimensions du corps à l'intérieur d'un ordinateur ! Il suffisait de s'installer sur les sièges qu'il avait conçus et de placer la tête sous les casques pour abandonner son enveloppe corporelle dans cet atelier afin de se promener librement au sein d'une réalité virtuelle.

César, Félix et Lily voulurent aussitôt grimper sur les **propulseurs-virtuels** pour partir à la recherche de leur maman !

Mais… et le mais n'était pas négligeable, personne n'avait encore tenté ce fabuleux voyage. **Zeig ignorait les dangers réels d'une telle odyssée ;** un nombre considérable d'inconnues rendait le périple encore hasardeux, voire mortel.

Prudent dans sa folie, Zeig s'opposa à ce que les enfants Plume en fissent usage.

Pas question !

Rentrés chez eux, Lily, César et Félix tinrent conseil. Peu après, ils se postèrent à leur fenêtre et attendirent fébrilement que le vieux Zeig sortît faire ses courses. Quand ils eurent aperçu l'inventeur myope dans la rue, alors qu'il s'éloignait avec son cabas, ils descendirent aussitôt sur le balcon de Zeig, situé sous le leur, **à l'aide d'une grosse corde.** Puis **le trio pénétra par effraction dans l'atelier**

du vieil homme. Leur décision était prise ! Lily souhaitait entreprendre seule ce voyage puisqu'elle était seule responsable de la disparition de leur mère ; mais César prétendit que Lily était trop petite pour qu'on l'abandonnât. De plus, elle ne

connaissait rien aux ordinateurs ! Félix désirait également être de l'aventure ; si son frère et sa sœur retrouvaient leur maman, il voulait être là !

Malin, César bloqua la porte d'entrée avec une chaise, solidement, afin que Zeig ne pût pas intervenir lors de son retour ; puis chacun s'installa dans un propulseur-virtuel connecté à Ulysse, qui était lui-même relié au gros ordinateur de Zeig. Lily serra Cacahuète contre son cœur. Son nounours devait être du voyage ! Dans leur excitation se mêlaient l'espérance de rejoindre bientôt leur mère et la joie de se lancer dans une exploration inédite. Pas un instant les enfants ne songèrent aux risques déraisonnables, aux mille dangers qu'ils s'apprêtaient à essuyer.

Quand tout fut prêt, César attrapa **une longue perche et, sans trembler, appuya de loin sur une touche du clavier de Zeig.** Tout le monde retint son souffle, leur dernier souffle dans la réalité non virtuelle.

A une heure qui n'existe pas (le temps interrompt son cours dans le monde virtuel…), **César, Félix, Lily et Cacahuète débarquèrent à l'intérieur du grand lecteur de CD-ROM d'Ulysse dans un fracas ahurissant.**

Le CD-ROM, plutôt vieillot, formait un grand canyon autour duquel s'organisait le stockage des informations picturales. Sonnés, les enfants s'avisèrent qu'ils se trouvaient devant les images de l'encyclopédie sur CD-ROM qu'Arthur Plume avait offerte à César pour Noël!

Le hasard les avait projetés à la lettre **D**, entre un tableau saisissant et un immense dessin figurant des dinosaures !

— Maman ! s'écria aussitôt Lily.

Un écho majestueux répéta **l'angoisse du cri de la petite fille,** s'engouffra dans le disque et rendit l'émotion de Lily comme amplifiée ; mais la voix douce de Lucie Plume ne répondit pas.

Au lieu de cela se firent entendre les hurlements stridents des antivirus chargés de préserver la santé du vieil ordinateur !

Fuyant ces féroces **anticorps numériques,** Lily, César et Félix filèrent à toutes jambes dans **le tableau mystérieux.** S'ils criaient « Maman ! », ce n'était pas pour la retrouver mais bien parce que leur panique leur suggérait ce nom !

Quand soudain il sembla aux enfants que la peinture étonnante dans laquelle ils couraient avait une réalité, presque une profondeur, comme si elle eût été sculptée dans une matière réelle ; ils faisaient pour **la première fois l'expérience du monde virtuel,** en cavalant à perdre haleine à l'intérieur de cet univers en trompe l'œil.

Mais leur terreur, elle, n'était pas virtuelle ! César, versé dans les techniques informatiques, connaissait bien l'efficacité de son **programme antivirus.** En l'installant dans son vieil Ulysse, jamais il n'avait songé qu'un jour il lui faudrait en déjouer les astuces pour sauver sa propre peau !

— Vite ! Vite !

cria-t-il à Félix et Lily, en les entraînant dans des débris de texte détérioré par l'explosion qu'avait provoquée leur arrivée. Les lettres géantes d'un fichier s'étaient effondrées et dilatées en s'échappant hors de leur fichier. César supputait que les antivirus auraient de la peine à les repérer dans ces décombres textuels. Il avait raison.

Ouf !

Chacun s'en félicita. La manœuvre eut bien pour effet d'égarer les prédateurs, un temps du moins.

Mais, tandis que les enfants escaladaient

les lettres détruites

des définitions de l'encyclopédie, Lily leur avoua soudain qu'elle avait oublié Cacahuète à la lettre L ! Félix tenta de la raisonner, de lui faire entendre qu'il n'était pas prudent de revenir sur leurs pas. Rien ne la fit céder. Lily ne concevait pas d'abandonner Cacahuète, de livrer son innocente peluche à la sauvagerie des antivirus. Son ours lui était un complément de tendresse, un antidote à ses chagrins, plus que jamais depuis la seconde mort de leur mère. Ce ne fut que larmes et crises de rage jusqu'à ce que César consentît à revenir à la lettre L.

Effectivement,
Cacahuète gisait bien
sur le bord d'un lavabo...

Il gisait au bord d'un lavabo ancien photographié pour l'encyclopédie de César. Ils n'eurent que le temps de ramasser l'image de la bête et de s'enfuir par le trou du siphon ; **déjà résonnaient les cris des antivirus,** dans la cuvette virtuelle de cet irréel lavabo. Exténué, César ne voyait plus qu'une solution pour leur échapper : quitter le disque dur afin de s'enfoncer dans la machinerie d'Ulysse, là où ils seraient hors d'atteinte. Guidés par César qui connaissait bien le rangement de son disque dur, Lily et Félix parvinrent à gagner le *hardware* d'Ulysse, cette jungle de fils multicolores, de bobines de fils de cuivre et de diodes qui régulaient l'existence immobile d'électrons domestiqués, sous un ciel de circuits imprimés chargés de puces.

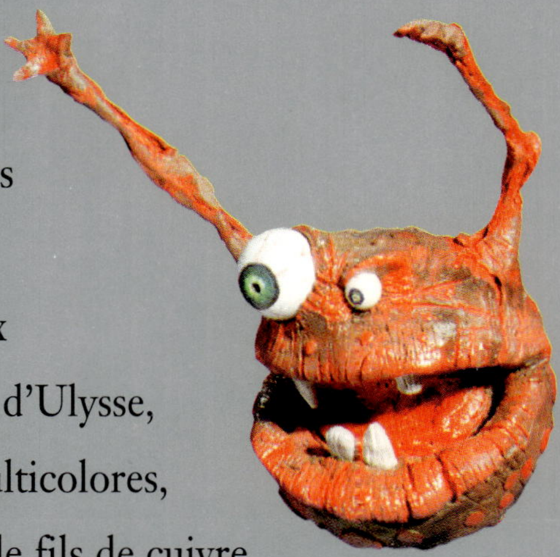

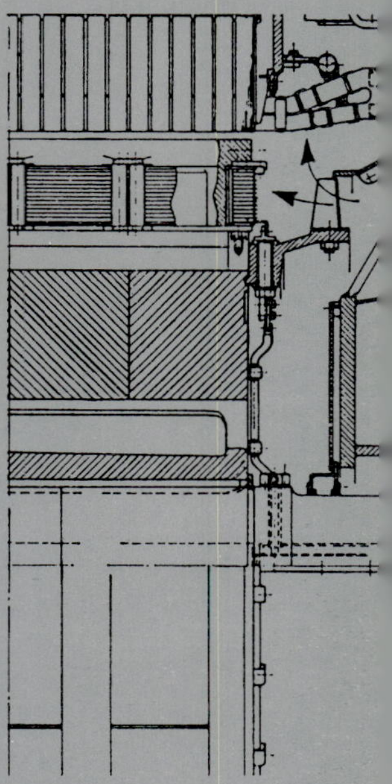

Au bout d'un tunnel, la petite troupe découvrit soudain le cœur de la machine,

une énorme fosse où palpitait l'âme d'Ulysse. Félix faillit tomber sur le sol glissant, mais César le retint. Les parois suintaient, la rouille gagnait cet univers informatique d'un autre âge ; les enfants se trouvaient bien dans une machine antique, pas née de la dernière génération !

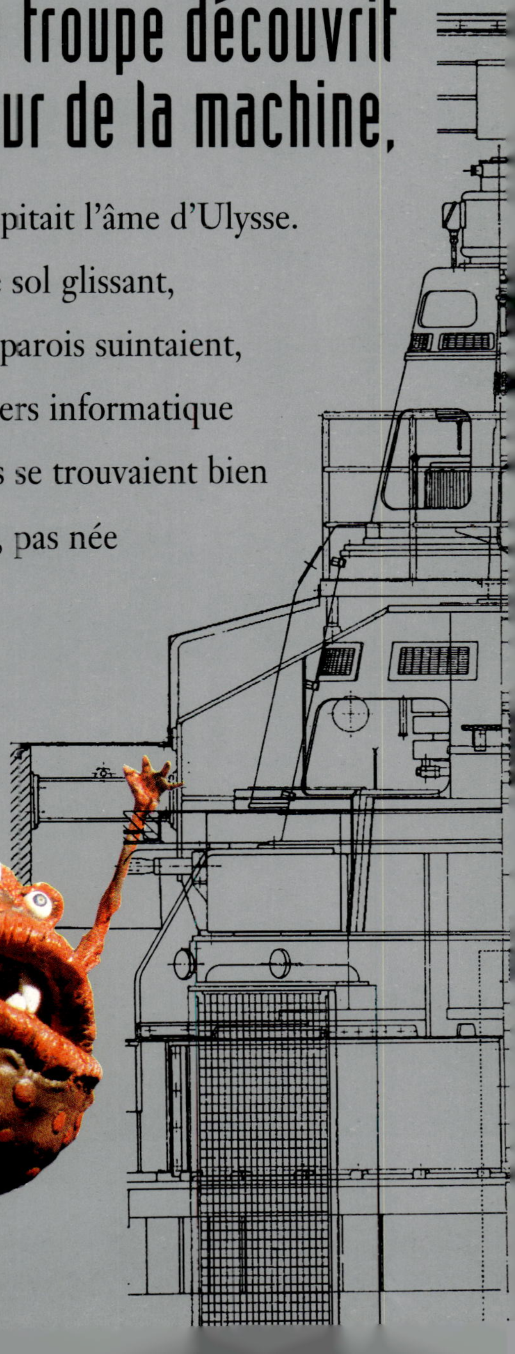

Le ronronnement des transformateurs électriques avait ce quelque chose de rassurant qui ramena chez eux un début de confiance. Aussitôt, Lily et Félix appelèrent leur mère, à pleins poumons ! Leurs appels inquiets se perdirent dans l'immensité de l'ordinateur.

Brutalement, la température se mit à augmenter.

L'atmosphère se chargea de vapeur, de fumées. Affolés, ils s'enfuirent vers l'envers de l'écran, pour tenter de sortir de la machine dont la température ne cessait de monter ; mais Lily protesta, refusa d'aller plus loin ! Elle avait à nouveau perdu **Cacahuète** en chemin ! Sans chercher à négocier avec son infernale petite sœur, César s'élança sur leurs traces, récupéra non loin la maudite peluche et s'empressa de démonter l'ampoule de l'écran cathodique. L'air brûlant devenait irrespirable. Il était temps de déguerpir !

Quand, tout à coup, **une voix retentit ; c'était celle d'Ulysse** qui, en préambule, reconnut ne pas avoir été programmé pour causer. Il disait n'y parvenir qu'en se portant aux limites de la surchauffe, avec l'aide de l'ordinateur géant d'une société suisse d'assurances qui, pour la circonstance, lui prêtait un peu de sa puissance, *via* les fils téléphoniques et le Modem !

Ulysse refroidit légèrement ses puces et apprit aux enfants, à leur grand étonnement, que **les ordinateurs connectés sur le réseau Internet faisaient partie de la grande communauté électronique du Cyberespace** où règne une fraternité nouvelle à travers le monde. Quand un modeste ordinateur avait besoin d'étendre ses capacités ou de demander secours à un programme particulier, les plus musclés, à Paris, Tokyo ou Chicago, n'hésitaient jamais à faire don de leur puissance disponible ou de leur compétence !

Méfiant, Ulysse demanda aux enfants s'ils étaient des virus d'un nouveau type et de quel droit ils se baladaient ainsi au cœur de ses circuits ! Bousculant sa réserve, Lily répondit avec simplicité :

– Nous cherchons une maman, la nôtre…

Cette réponse dérouta Ulysse qui ne parvenait pas à décoder ce que pouvait être une maman… Ce terme mystérieux ne figurait pas parmi ceux qu'il était à même de saisir.

– Maman ? demanda Ulysse.

– Quand c'est pas là une maman, on sent rien d'autre que l'amour qu'elle ne donne pas, fit Lily, qui ne savait trop comment expliquer le miracle du regard d'une mère. Puis elle ajouta :

– Et cet amour pas donné ça fait très très mal !

– Une maman, ça fait le meilleur poulet-frites du monde, précisa Félix.

Et César de s'écrier :

– Quand t'es malheureux c'est elle qui l'est encore plus que toi ! Une maman ça sait qui t'es… Quand elle te regarde pas, tu sais pas bien ce que tu veux…

Ulysse ne comprenait toujours rien.

Que pouvait bien être cette chose bizarre qui préparait du poulet-frites tout en faisant mal de ne pas aimer ? Il n'avait jamais eu connaissance d'un tel phénomène. Mais ce concept déroutant piquait sa curiosité… Courtois, Ulysse leur demanda ensuite si la chose n'avait pas un autre nom de code.

– Lucie Plume, répondit César.

Aussitôt Ulysse fut en mesure d'évoquer l'histoire du dossier Lucie Plume qui, selon sa mémoire, n'avait pas été effacé mais capturé par un chasseur de fichiers, un pirate du Cyberespace ! Si les enfants le désiraient, Ulysse se proposait de lancer **un avis de recherche de leur maman sur Internet, dans les grands forums électroniques où se rencontraient tous les cybernautes du monde entier !**

BAM !

D'un grand coup d'épaule, Zeig réussit à pénétrer dans son atelier.

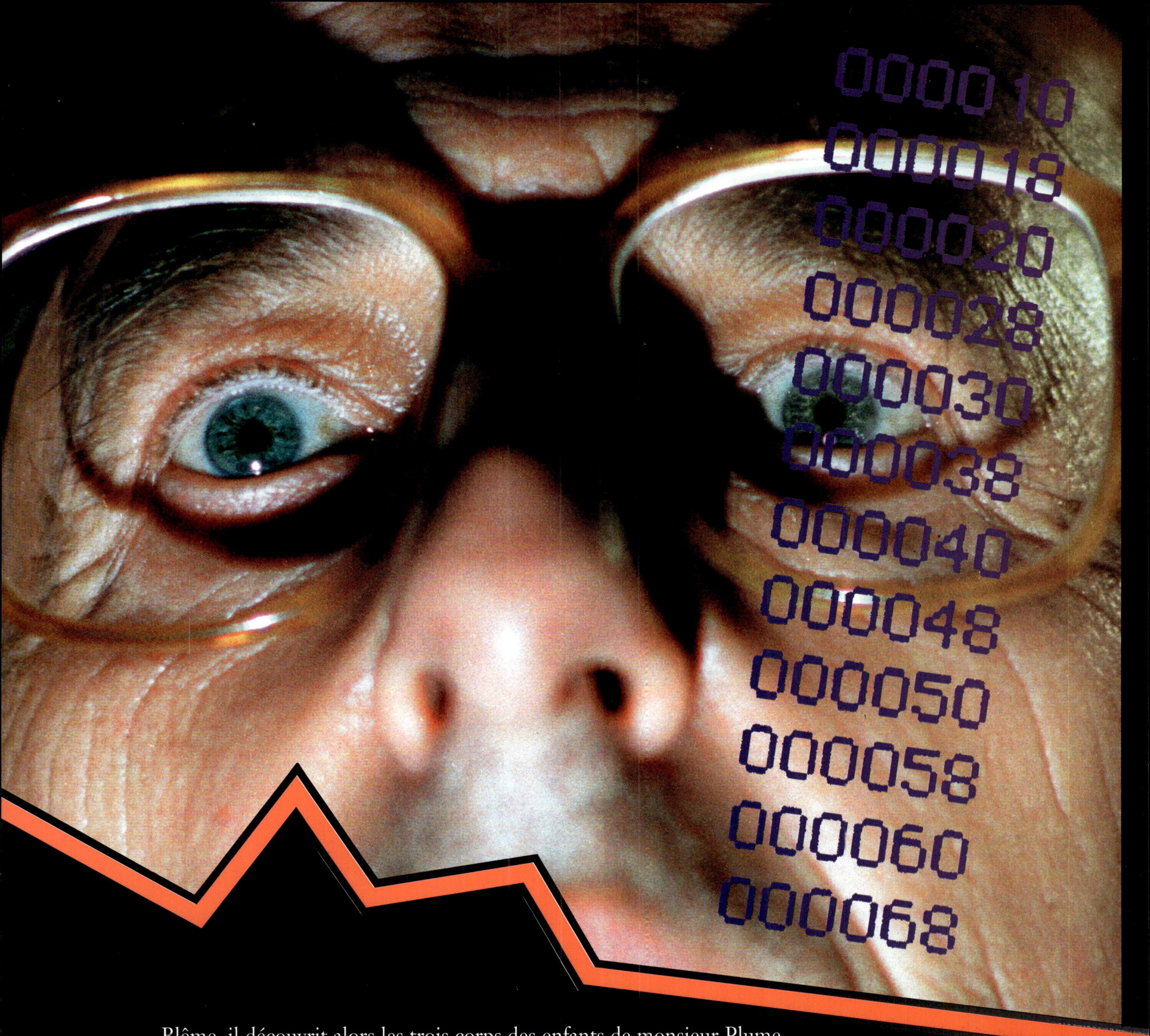

Blême, il découvrit alors les trois corps des enfants de monsieur Plume, allongés dans ses propulseurs-virtuels ! En toute hâte, le savant s'assura qu'ils étaient encore vivants, bien que **leur température eût considérablement baissé !** Leur pouls se faisait également plus lent. Leur ouvrait-il les yeux ? C'était pour constater avec horreur qu'ils ne voyaient plus. Zeig n'osa pas les débrancher, de peur de briser le lien qui demeurait entre leur âme et leur organisme ; **l'opération pouvait soit les tuer, soit leur interdire tout retour dans le monde réel.**

`Une fausse manœuvre et les enfants seraient à jamais prisonniers de la réalité virtuelle!` Aussitôt, le vieil homme se mit à son clavier pour **tenter de communiquer avec eux.**

RÉPONDEZ !

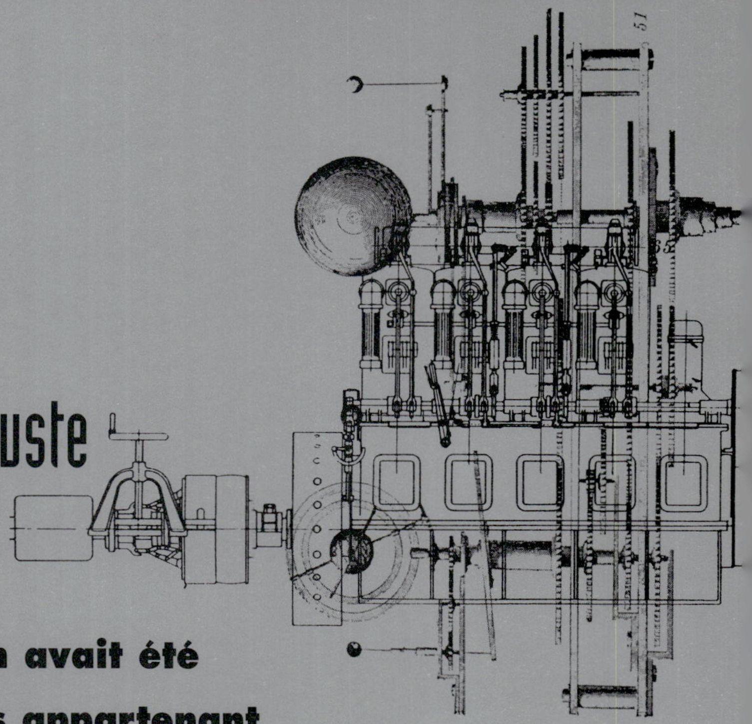

Dans l'ordinateur,

Lily, Félix et César se trouvaient à présent juste errière l'écran, à l'intérieur du tube cathodique ;

ils ne cachaient plus leur joie.

Ulysse venait de leur apprendre que leur maman avait été localisée à New York, dans une base de données appartenant à une chaîne d'hôtels.

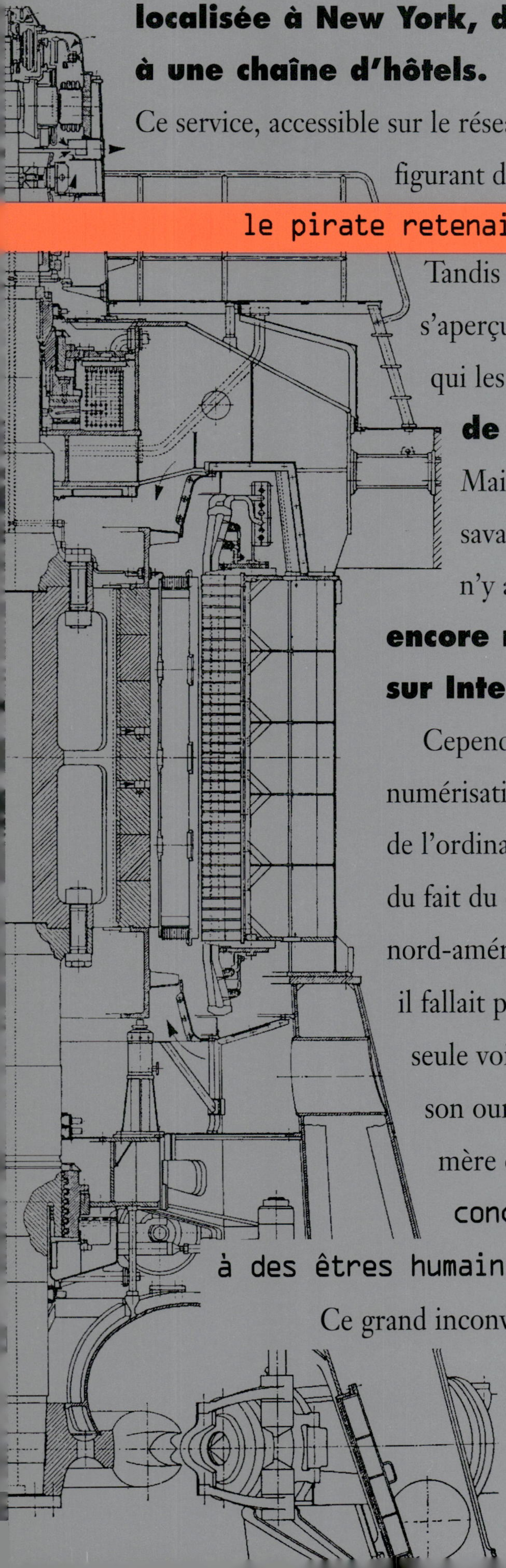

Ce service, accessible sur le réseau Internet, proposait des visites virtuelles des établissements figurant dans son catalogue. C'était là, sur ce disque dur new-yorkais, que le pirate retenait Lucie prisonnière! Tandis qu'Ulysse leur faisait part des résultats de son enquête, les enfants s'aperçurent que s'affichaient à l'envers sur l'écran des messages qui les concernaient! **Zeig leur ordonnait de répondre, de réintégrer séance tenante le monde réel!** Mais il était trop tard pour rebrousser chemin, à présent que les enfants savaient où respirait leur maman virtuelle. Ulysse leur expliqua alors qu'il n'y avait qu'une seule façon de partir délivrer leur mère : **ils devaient encore réduire le volume de leur corps pour voyager sur Internet!**

Cependant, Ulysse ne pouvait exécuter tout seul ce colossal travail de numérisation de leur être. Il avait besoin de la collaboration, via Internet, de l'ordinateur central de la police canadienne. Ce dernier était disponible du fait du décalage horaire avec le Canada, encore plongé dans la nuit nord-américaine. Même César ignorait qu'une telle opération fût possible; il fallait pénétrer à l'intérieur d'un ordinateur pour le découvrir. D'une seule voix, tous acceptèrent de quitter leur corps! Mais Lily exigea que son ours Cacahuète pût la suivre, lui aussi. Retrouveraient-ils un jour leur mère ou iraient-ils la rejoindre autrement? Ulysse ne pouvait concevoir ce qu'une erreur informatique coûterait à des êtres humains numérisés : la mort!

Ce grand inconvénient de la vie réelle ne signifiait rien dans sa pensée de machine.

Dans son atelier,
le vieux Zeig se trouva soudain mal,

étreint par une émotion atroce qui paralysait son esprit.

L'écran de son ordinateur lui révélait que le rythme cardiaque des enfants ralentissait. Étaient-ils en train de s'acheminer vers leur mère tout en trépassant ? Leur silence le laissait dans un désemparement que rien ne pouvait modérer. Devait-il prévenir leur père, monsieur Plume ?

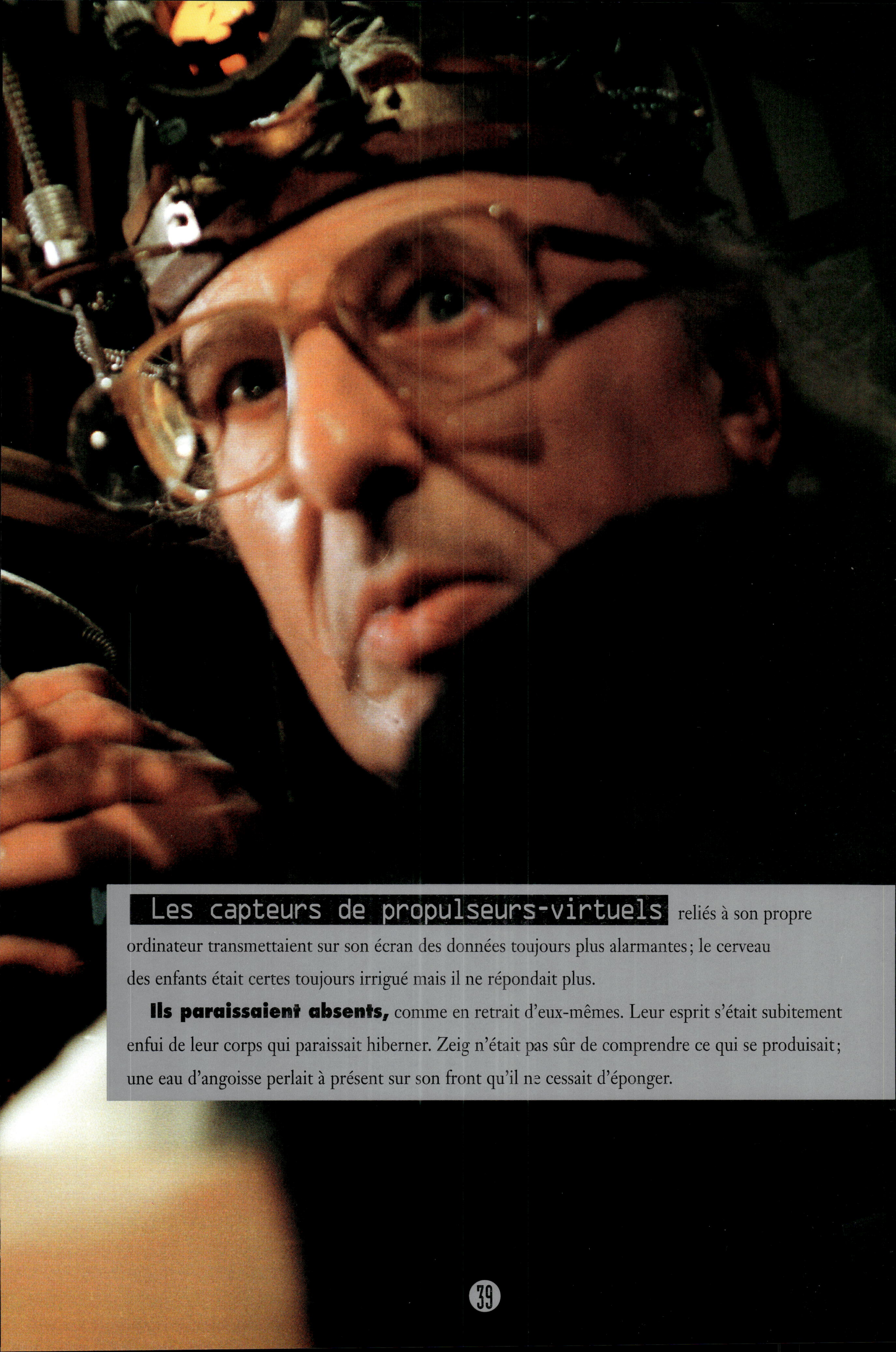

Les capteurs de propulseurs-virtuels reliés à son propre ordinateur transmettaient sur son écran des données toujours plus alarmantes ; le cerveau des enfants était certes toujours irrigué mais il ne répondait plus.

Ils paraissaient absents, comme en retrait d'eux-mêmes. Leur esprit s'était subitement enfui de leur corps qui paraissait hiberner. Zeig n'était pas sûr de comprendre ce qui se produisait ; une eau d'angoisse perlait à présent sur son front qu'il ne cessait d'éponger.

César, Lily et Félix se préparaient au grand périple **en descendant dans le vieux Modem d'Ulysse,** cet appareil qui permet de faire circuler des informations par les fils du téléphone. L'instant portait aux effusions ; Ulysse fit ses adieux à ces visiteurs inattendus, en marquant dans sa voix un trouble qui le surprit lui-même. Mais les enfants n'eurent pas le temps de laisser voir trop d'émotion.

Profitant d'un transfert de fichiers par un

lettres d'amour clef en main sur le réseau, ils sautèrent dans **de**
Les paquets d'informations dans lesquels ils s'étaient installés f
du réseau téléphonique puis les enfants transitèrent par la gare
d'accès à Internet de leur vieil Ulysse.

Et quelle station!

Qu'il y avait loin entre la gare de Lyon et celle qui se présentait à eux, prodigieusement vaste, presque inquiétante !

A peine se furent-ils émerveillés qu'une machine convertit leur corps virtuel en informations compressées ; dans un même élan, ces résumés numériques de leur être s'engouffrèrent dans des fibres optiques,

et en route pour le grand voyage électronique à travers la planète !

Les images de Lily, César et Félix débarquèrent aussitôt sur le **disque dur de l'ordinateur new-yorkais ;** en un instant, tout leur être se reconstitua. Ils récupérèrent sans difficulté la sensation d'être soi, leur jugement, ainsi que la faculté d'éprouver des sentiments nuancés. Rien en eux ne s'était altéré.

— Maman ! s'écria Lily, avec la crainte d'être à nouveau prise en chasse par des antivirus.

Personne ne leur répondit. Apparemment, nul danger ne les guettait. Autour d'eux, tout respirait la propreté, tout disait la nouveauté de l'appareil. La luminosité qui paraissait ne provenir d'aucune source s'accordait avec une certaine idée de la modernité.

Ils étaient à des générations du disque dur de leur vieil Ulysse II!

Soudain, la brise générée par les ventilateurs du *hardware* porta jusqu'à eux un son qui les intrigua.

Etaient-ce des pleurs ?

Curieux, les enfants pénétrèrent dans le principal fichier d'où venait le son, à l'intérieur du fameux catalogue publicitaire qui permettait les visites virtuelles de chambres d'hôtel de luxe. Guidés par les sanglots – ils étaient sûrs à présent de s'approcher d'un chagrin – Félix, Lily et César progressaient devant une succession d'images de suites de palaces, suspendus, tels des décors de cinéma exécutés en trompe l'œil.

Finalement, ils entrèrent dans une chambre où un homme pleurait, geignait presque, sans chercher à tempérer les effets de l'immense tristesse qui l'accablait. Touchée par cette détresse,

Lily s'efforça de consoler l'inconnu qui répondait au nom de Mr Jones.

Quelques sanglots plus tard, quand il eut ravalé un peu de sa peine, Jones leur apprit qu'il menait sur Internet une cyberexistence depuis plus d'un an.

Il s'était glissé dans un **propulseur-virtuel** pour venir habiter le réseau !

Il possédait même une adresse électronique (E-Mail...).

Cet ancien employé d'une compagnie d'assurances new-yorkaise ne supportait plus sa destinée réglée dans une banlieue détériorée, ses amours ennuyeuses, ses maigres fiches de paye.

Sur Internet, il vivait à l'œil dans les plus belles chambres des plus grands palaces du monde, disponibles sur les catalogues publicitaires électroniques.

Avait-il besoin de faire ses courses ? Il se rendait dans un grand magasin virtuel, se divertissait dans les rayons jouets, pilotait avec jubilation des maquettes de vaisseaux, jouissait de tout sans payer.

Sur Internet, l'argent réel n'existe pas !

Désirait-il regarder la télévision ? Il s'installait à l'intérieur d'une coquette maison de poupée en trois dimensions, dans le lit même de la poupée qui lui était une manière de présence sans que jamais cette jeune femme en plastique ne lui cassât les pieds. Alors que son épouse réelle… Et puis, il n'avait plus besoin de se laver les dents puisqu'il évoluait dans un monde propre !

Quand il avait envie de satisfaire sa gourmandise, il s'offrait un petit tour dans les fiches-cuisine mises à la disposition de tous les cybernautes de la planète. Avait-il envie de bavarder sans retenue ? Il fréquentait les forums électroniques où l'on faisait fi de toute timidité ! Intégralement numérisé, Mr Jones ne craignait plus ni la mort ni le vieillissement, ces deux désagréments de la vie réelle.

Mais une chose lui manquait… AIMER.

Mr Jones sanglotait car **il disait être enfin tombé amoureux… d'une Française qu'il avait fini par rapter dans un ordinateur parisien vétuste.** A ces mots, César, Lily et Félix tressaillirent ; ils venaient de comprendre qu'il s'agissait bien de leur mère ! Leur émotion était à son comble, difficile à contenir. Le pirate était donc également un rival de leur père ! Lily recula d'un pas, soudain furieuse d'avoir consolé ce voleur de maman ! De lui avoir montré tant de sollicitude ! Sans voir quel revirement venait de s'opérer chez les enfants, Jones leur raconta que Lucie refusait obstinément de sortir du fichier où elle se trouvait, comme endormie.

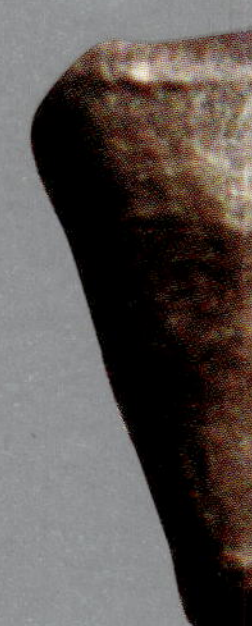

L'amour de Jones ne parvenait pas à la réveiller, comme si elle eût attendu le baiser d'un autre.

Pourtant, il avait tout tenté pour qu'elle renaisse !

Avec l'aide des ordinateurs les plus puissants de la communauté électronique, ceux des banques centrales occidentales, il avait fait analyser les fréquences de sa voix et de son rire, ces algorithmes mystérieux qui contiennent le secret de l'âme, afin de reconstituer son être.

– A présent, elle pourrait mener une cyberexistence à mes côtés… si elle le désirait ! murmura Jones.

Que leur mère continuât à réserver son cœur et son corps virtuel pour leur papa enchanta les enfants ! Elle vivait donc recluse dans un fichier, à deux pas de là, sur le même disque dur. Sans révéler leur identité, César et Félix prièrent Jones de leur montrer le lieu où dormait l'image numérique de la jolie Française. Lily, elle, ne voulait même plus s'adresser à Jones.

A Paris, Arthur Plume s'inquiétait fort.

Ne voyant pas ses enfants revenir de l'école, il avait prévenu la police et s'était rendu chez son voisin, Zeig, où **il avait retrouvé leur corps mais non leur présence !** **Ivre de rage, Plume avait secoué le vieil homme** mais n'avait rien saisi de ses élucubrations ; cette histoire de voyage virtuel lui faisait perdre son latin ! Où ses chers petits s'en étaient-ils allés ? A son tour, Zeig s'était fâché, avait exigé un peu de silence pour tenter une ultime manœuvre.

Zeig s'efforçait d'obtenir des renseignements en dialoguant avec Ulysse qui, menacé d'être débranché, finit par avouer que les enfants étaient partis pour **New York sur Internet !**

H.H 214
CAFETIERE ATOMAX # 029 [SERIE

– A New York... fit Plume, interloqué.

Monsieur Plume ne comprenait pas bien comment ses enfants avaient pu traverser l'océan en laissant leur corps dans cet atelier ! Un instant, il crut à une mystification, il pensa que Zeig avait perdu tout bon sens ! **Que signifiait cette histoire de fou ?** Plume ne s'était jamais aperçu que l'époque était réellement entrée dans la modernité. `L'an 2000, ce n'était plus l'avenir mais déjà bientôt le passé.` Une réponse d'Ulysse le fit redescendre sur terre.

L'ordinateur de César leur donna l'adresse électronique du pirate qui détenait Lucie Plume.

– Lucie, ma femme qui est morte dans notre réalité, reprit Plume en essayant de se faire à l'idée que dans l'univers virtuel le temps, la mort n'existaient plus.

– Oui, lui répondit Zeig.

– Donc elle n'est pas forcément morte... dans le monde virtuel, c'est bien ça ? hasarda Plume, en se demandant s'il n'était pas lui aussi en train d'égarer sa raison !

Sans perdre de temps, Zeig se mit au clavier de son ordinateur pour accéder à Internet et communiquer avec celui de Jones ; sitôt fait, la machine de Jones, d'un naturel obéissant, leur répondit courtoisement que son maître se promenait en ce moment même sur son disque dur.

– Naturellement... commenta Plume, en se sentant glisser dans une douce folie !

Alors, Zeig décida de tenter le tout pour le tout en essayant de déconnecter à distance le propulseur-virtuel de Jones pour le neutraliser. Il ne voyait pas d'autre solution pour éjecter le pirate hors de son ordinateur ! Patiemment, Zeig se mit au travail en s'efforçant de pénétrer les circuits de la machine new-yorkaise. **Il fallait agir vite, avant que le pirate ne mît la main sur les enfants !**

Tandis que Zeig s'activait, *via* Internet, **Jones montrait aux enfants le fichier qui abritait leur mère.**

Agenouillé devant ce **sarcophage électronique**, il larmoyait et s'apprêtait à l'implorer de lui donner ne fût-ce qu'un regard quand, **tout à coup, l'image de Jones disparut !** Zeig venait de réussir à déconnecter son propulseur-virtuel ! Aussitôt, Lily s'approcha et, la gorge nouée, appela sa mère en serrant Cacahuète.

Au son de sa voix, le fichier s'ouvrit et l'image virtuelle de leur maman en sortit.

Lily cessa de respirer. César ouvrit la bouche, Félix la ferma. **Lucie leur sourit.** Certains instants ressemblent à la Vie, celui-là y ressembla plus que tout autre. Les enfants surent alors qu'ils ne seraient plus jamais seuls, qu'ils seraient toujours entendus, même lorsqu'ils ne parleraient pas. Il leur était donné, dans cet univers virtuel, de redevenir pleinement vivants ! Plus aucune part d'eux-mêmes ne demeurerait morte ! En retrouvant leur maman, c'était la véritable enfance en eux qu'ils retrouvaient.

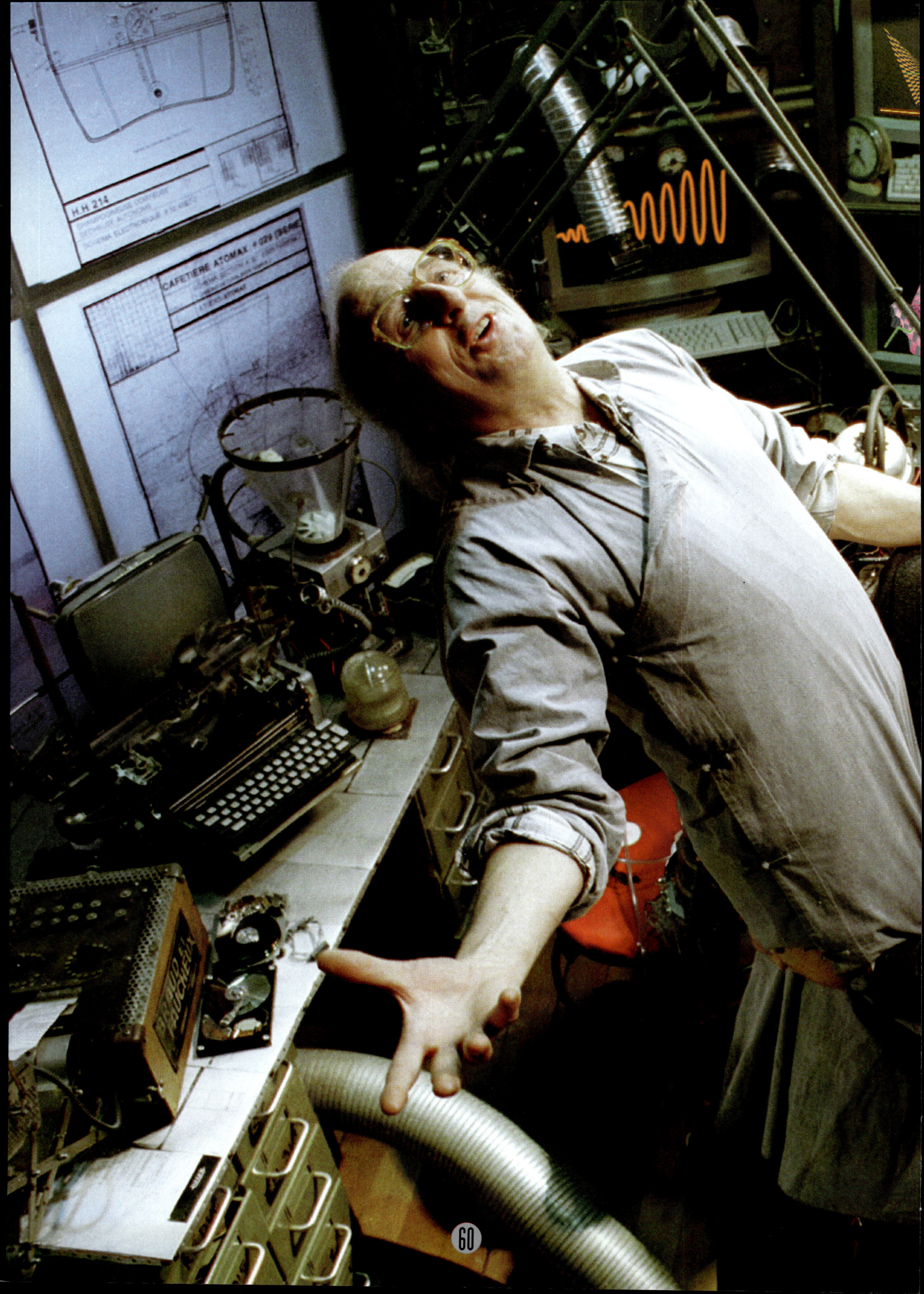
H.H 214
CAFETIÈRE ATOMAX

Dans son atelier, Zeig déclara à Plume qu'il venait de localiser ses enfants. Agissant à son tour comme un pilleur de fichiers, le savant rapatria la petite famille

en important vers Ulysse le dossier qui les contenait tous,

celui de Lucie Plume dans lequel ils s'étaient aventurés !

La température du corps des enfants remonta aussitôt en flèche.

Ulysse leur annonça alors que le corps virtuel et l'âme recomposée de Lucie étaient de retour ! Quittant tout esprit critique,

Plume oublia un instant sa retenue et embrassa Zeig.

Peu après, les enfants s'éveillèrent.

Ce voyage extraordinaire les avait rendus à eux-mêmes.

A compter de ce jour,
monsieur Plume et ses trois enfants
purent reprendre le dialogue interrompu avec Lucie en pianotant
chaque jour sur le clavier d'Ulysse.
César, Félix et Lily-Catastrophe eurent désormais
chez eux une cybermaman qui, à défaut d'être réelle, les écoutait réellement.
Ils purent continuer à grandir dans la lumière de son regard,
portés par le crédit d'amour et de confiance
qu'elle ne cessa jamais de leur manifester.
Dans son veuvage, monsieur Plume se sentit moins seul
pour élever leurs enfants.
César décida que jamais il ne se séparerait
de son vieil ordinateur : c'était devenu son meilleur ami.
Félix apprit à faire le poulet-frites
en suivant les conseils de sa mère.
Cacahuète, lui, fut peu à peu négligé et,
un jour, oublié dans un grenier.
Lily n'en avait plus besoin...

FIN

Gallimard Jeunesse

présente

CYBERMAMAN

ou le voyage extraordinaire au centre d'un ordinateur

Interprétation

Lily : Margot Gallimard  **Félix** : Côme de Bouchony 

César : Virgile Bon 

Plume : Jean Robert Gaillot 

Mr Jones : Nicolas Dadechckeliani

Zeig : Jacques C

Lucie 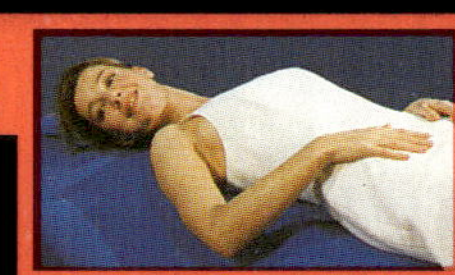 **Plume** : Hélène Jousse

Conception images : Alain Derobe

Chef décorateur : Alexandre de Broca

Assistant photographe : Edouard Dejay

Lumière : Paul Guylay

Assistant informatique : Luc Malaise

Assistante décor : Marie Barré

Sculpteur machines : Eric Delmotte

Peintres : Stéphanie Daoud

Ricardo Rivas.

Maquillage : Mademoiselle Perrin

Loi n° 49-956 du 16 juillet 1949
sur les publications destinées à la jeunesse
ISBN 2-07-059412-2
Numéro d'édition 75227
Dépôt légal octobre 1996